LA VIE, PÉPINS COMPRIS

TATA BOIT

Textes : Leslie Bedos et Philippe Poirier
Illustrations : Corinne Merles

Collection dirigée par Christine Bravo

Avec le concours d'Annette Fréjaville,
psychanalyste pour enfants.

MICHEL LAFON
(jeunesse)

Véro c'est ma tata. Elle est jolie,
intelligente, mais dans sa tête
c'est un bazar pas possible. Elle a plein
de problèmes. Le jour de son anniversaire,
elle a éclaté en sanglots à cause
des 40 bougies qu'il y avait sur son gâteau.
Au milieu de ses larmes, elle nous a dit :
« Je suis vieille... je suis seule...
j'ai pas d'amoureux...
et pas d'enfant à qui dire je t'aime. »

Pour essayer de la consoler, je lui ai raconté
que madame Fugaza, ma maîtresse,
se plaignait toujours d'avoir trop d'enfants
dans sa classe. À mon avis, elle pourrait
sûrement en donner un à Véro.
Mais Tata m'a répondu que c'était impossible
et puis elle s'est remise à pleurer.
Comme je ne savais plus quoi dire,
j'ai fini tout le gâteau au chocolat.

Véro voudrait être heureuse, mais elle
n'y arrive pas. Elle ne va pas bien du tout,
elle a des problèmes à son travail.
Alors pour oublier ses ennuis, elle boit
de l'alcool. Un peu, beaucoup... beaucoup trop !
Tata est une alcoolique. C'est le nom
que les docteurs donnent aux gens qui boivent
énormément de vin, de bière ou d'apéritif.
Ils ont dit à mes parents que
c'était une maladie. Véro est malade,
ça s'appelle l'alcoolisme.

L'alcool, pour certaines grandes personnes, c'est bon comme du sucré mais dangereux comme du poison. Papa m'a expliqué que si je ne mangeais que des bonbons, des glaces et des gâteaux, que si je ne buvais que des boissons sucrées, au début je trouverais ça super. Seulement à force d'avaler des « cochonneries » (c'est comme ça que papa appelle les bonbons, les glaces et les gâteaux), mon ventre crierait toute la journée : « DU SUCRÉ... DU SUCRÉ ! » Je ne pourrais plus m'en passer.

Pour Tata, c'est presque pareil. Quand elle boit
de l'alcool, ça lui fait chaud partout
dans le corps et dans la tête.
Après elle se sent mieux. Ça lui redonne
de la force et du courage. Mais ce qui
n'est pas bon du tout, c'est qu'elle est obligée
de boire tous les jours et de plus en plus.
Elle a besoin de « son petit verre »,
sinon elle devient carrément insupportable
et de très mauvaise humeur.

Pour sa famille et ses amis,
c'est difficile de lui parler,
elle boude souvent. Mais moi,
je suis sa confidente.
J'aime bien quand Tata me parle
de ses problèmes de grande personne.
Même si je ne comprends pas du tout.
Ça me rend fière.

Lorsqu'elle se couche, assommée par tout
cet alcool, Véro me raconte qu'elle tombe
dans un sommeil étrange. Elle me dit
que ses rêves sont comme un immense
trou dans lequel elle n'arrête pas de tomber.
La seule chose dont elle se souvient
c'est d'un bateau noir et blanc
au milieu d'une mer démontée.

Avec des cauchemars aussi affreux, les réveils font mal. Elle est fatiguée, elle a mauvaise mine et une envie de vomir pas possible.
Je ne sais pas si c'est pareil mais
moi aussi j'ai mal au cœur en bateau !

À son travail, il y a eu un drame.
Son chef l'a surprise dans les toilettes
en train de boire du vin.
Il s'est mis très en colère.

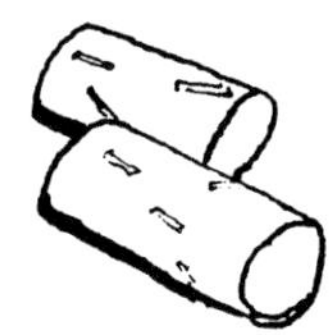

Tata s'est fâchée parce que,
comme tous les alcooliques, elle n'aime
pas qu'on lui dise qu'elle boit, même
si c'est la vérité. Alors son chef a menacé
de la mettre à la porte. Si elle se retrouve
sans boulot, ça va lui laisser encore
plus de temps pour boire et je ne crois pas
que ce soit une bonne idée.

À force de prendre de l'alcool,
Véro fait n'importe quoi.
Un jour dans une gare, elle m'a fait descendre
d'un train par la mauvaise porte.
On s'est retrouvés sur les rails au lieu
d'être sur le quai. Si un train avait surgi
à ce moment-là, il nous aurait transformés
en purée... ça doit faire assez mal !

J'ai cru que ma mère allait lui arracher
les yeux. Elles se sont hurlé dessus devant
tout le monde. J'ai entendu des mots nouveaux
comme « espèce d'ivrogne » et « viande soûle »
qui sortaient de la bouche de maman
et puis des choses que je connaissais
déjà comme « sale égoïste » et « pauvre tarée »
qui sortait de la bouche de Tata.
Moi qui n'aime pas me faire remarquer,
j'aurais voulu aller me cacher.

Maman a dit qu'elle ne voulait plus la voir
si elle ne se faisait pas soigner.

Véro a répondu qu'elle avait envie
de mourir parce que personne ne l'aimait.
Du coup j'ai pleuré parce que je ne voulais
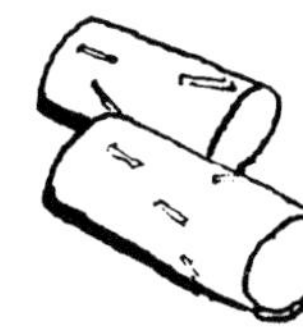
pas que Tata meure et aussi parce j'avais
oublié dans le train mon bonnet avec écrit
dessus « je suis la plus belle fille du monde ! »

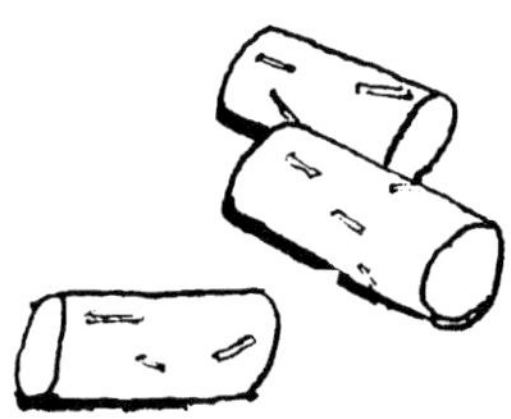

123
200

Véro avait un amoureux. Il était gentil,
et assez joli pour un garçon. Il adorait Tata,
mais il ne supportait pas de la voir boire.
Par amour pour lui, elle a arrêté... pendant
une semaine. C'est pas beaucoup.
Et puis elle a recommencé, en cachette.
Le fiancé a compris que l'alcool était
plus fort que lui. Il a décidé de partir.

Tata a eu beaucoup de mal à oublier son amoureux. Depuis elle n'est plus du tout la même. Elle a changé et puis l'alcool fait vieillir beaucoup plus vite les hommes et les femmes. Véro commence à s'abîmer comme une veille pomme oubliée au fond d'un saladier. Aujourd'hui je la trouve trop maigre et méchante, même avec moi. Elle se met sans arrêt en colère, dit des gros mots, on sait pas pourquoi. À cause de l'alcool j'ai l'impression de perdre la Tata que j'aime.

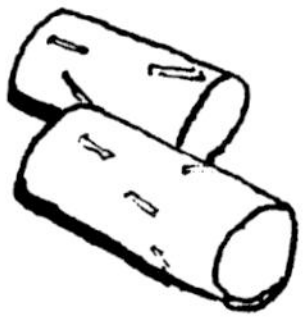

Heureusement Tata a enfin décidé de se faire soigner dans un hôpital. Elle suit une cure de désintoxication, c'est-à-dire que les médecins vont l'aider à ne plus boire. Véro ne doit absolument plus avaler une seule goutte de vin, de bière ou d'apéritif. Pour l'instant, elle n'a même pas le droit de nous téléphoner. Elle doit montrer qu'elle est capable de s'en sortir toute seule, comme une grande.

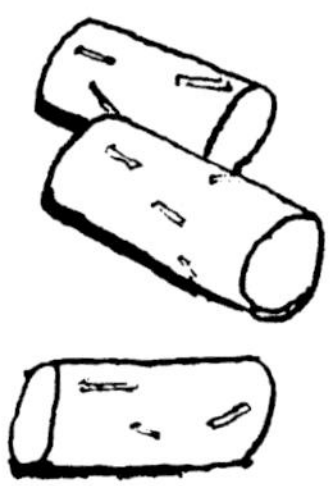

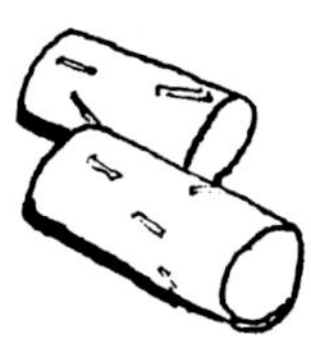

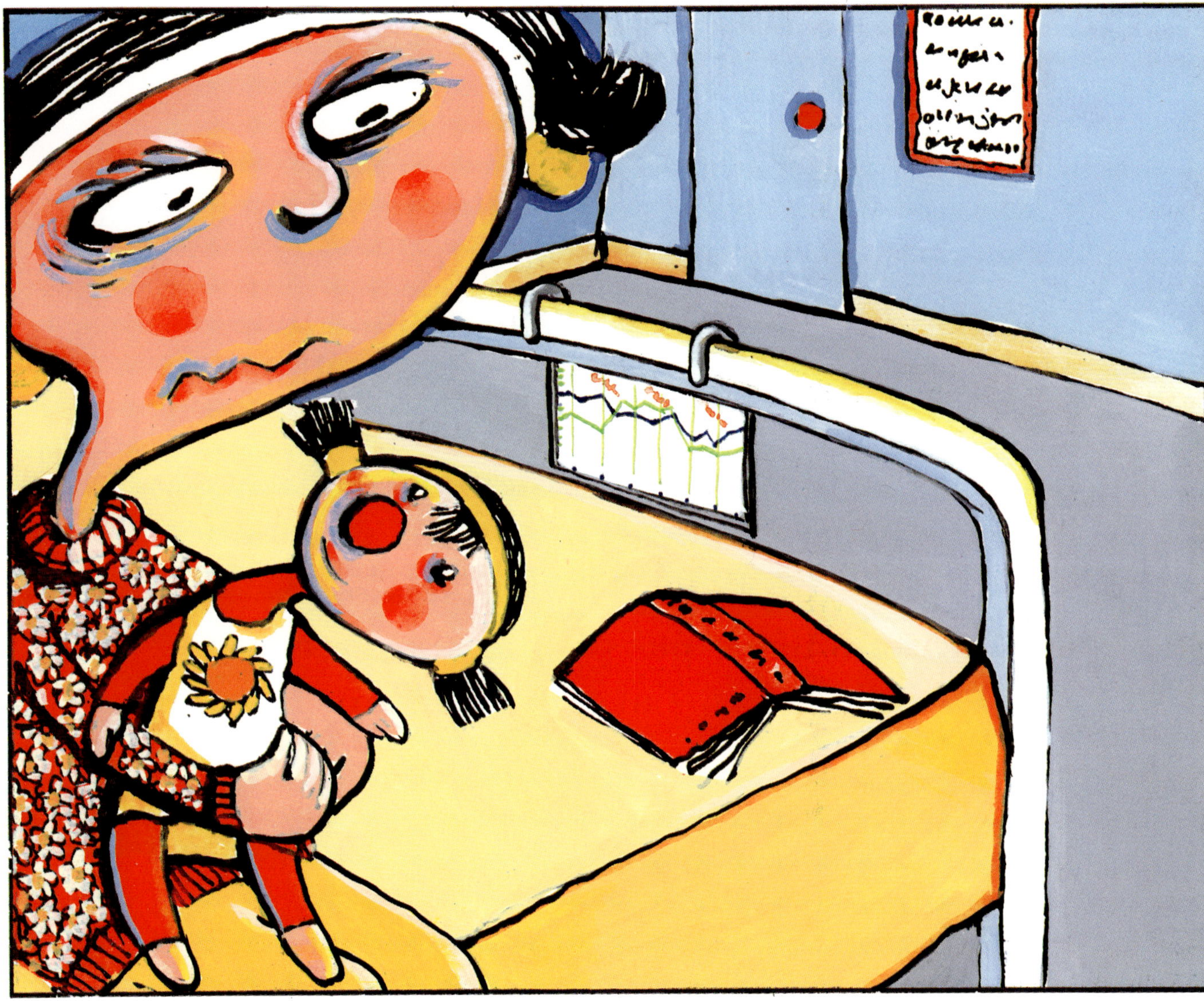

Au bout d'un mois, on est allés la voir.
Véro m'a dit qu'elle s'ennuyait.
Le seul moyen qu'elle a trouvé pour passer
le temps et oublier l'alcool, c'est de boire
des litres de Coca et de fumer cigarette
sur cigarette. J'ai trouvé qu'elle avait bien
de la chance de boire autant de Coca,
mais elle avait l'air tellement triste
que je n'ai même pas pu finir le verre
qu'elle m'a offert. J'ai tout vidé dans le vase.

Le docteur nous a expliqué que Tata est très découragée parce que l'alcool lui manque. Elle reste dans son coin, elle n'arrive toujours pas à trouver la vie jolie. Il nous demande d'être auprès d'elle le plus possible. J'ai proposé qu'elle vienne habiter à la maison, mais j'ai bien senti que papa n'était pas d'accord. Il ne s'est jamais très bien entendu avec Tata et cette histoire d'alcoolisme n'a rien arrangé.

À la fin de la journée, il a bien fallu partir. L'hôpital c'est pas l'hôtel, on ne peut pas rester dormir avec les gens qu'on aime. On a laissé Tata toute seule, assise sur son banc. On a promis de repasser la voir très vite, avec du Coca et des cigarettes. Ça ne lui a même pas fait plaisir.

Ça fait maintenant un an que Véro a arrêté
de boire. Mais attention, le docteur a prévenu
que si elle buvait un seul verre,
elle retomberait gravement malade.
Le docteur connaît des alcooliques
qui ne guérissent jamais.
D'ailleurs, ça arrive beaucoup plus souvent
aux hommes qu'aux femmes.
Il y en a qui deviennent des clochards,
et d'autres qui finissent au cimetière, morts
d'avoir beaucoup trop bu. Mais Tata a promis
qu'elle ne retoucherait plus jamais
à l'alcool. Depuis, elle a retrouvé sa bonne
mine, et on recommence à se marrer.

Pour fêter sa première année sans boire,
Tata a invité tous ses amis.
Elle a fait un discours. Elle a remercié
sa famille et des anciens alcooliques
comme elle, qui ont raconté à quel point
ça avait été difficile pour Véro. Tout le monde
a applaudi et Tata a pleuré de joie.
Elle a attrapé un verre de jus d'orange
qu'elle a levé bien haut au-dessus de sa tête
et, en me serrant très fort, elle a dit :
« Je bois à ma nouvelle vie ! »

Dans la même collection

PAPA ET MAMAN SE DISPUTENT
J'AI PEUR DE TOUT
PAPA EST STRESSÉ

Directeur artistique
Pascal Vandeputte

Maquette
Caroline Aliane, Stockholm

imprimé en France
par CLERC S.A. - 18200 Saint-Amand
Dépôt légal : mars 1998
ISBN : 2-84098-390-7
50-1686-0

103, boulevard Murat 75016 Paris
Loi n° 49 956 du 16 juillet 1949
sur les publications destinées à la jeunesse.